大家来听音乐会

大家来听音乐会

文:〔美〕劳埃德·莫斯

图:〔美〕玛乔丽·普赖斯曼　　翻译:张莹莹

河北出版传媒集团

河北教育出版社

图书在版编目（CIP）数据

大家来听音乐会／（美）莫斯，（美）普赖斯曼著；张莹莹译.
—石家庄：河北教育出版社，2010.2（2017.9重印）
（启发精选美国凯迪克大奖绘本）
ISBN 978-7-5434-7519-9

Ⅰ.①大… Ⅱ.①莫… ②普… ③张… Ⅲ.①图画故事－美国－现代 Ⅳ.①I712.85

中国版本图书馆CIP数据核字（2009）第244256号

冀图登字：03-2014-062

大家来听音乐会

编辑顾问：余治莹
译文顾问：王 林
责任编辑：张翠改 赵 磊
策划：北京启发世纪图书有限责任公司
　　　台湾麦克股份有限公司
出版：河北出版传媒集团

河北教育出版社 www.hbep.com
（石家庄市联盟路705号 050061）

印刷：盛通（廊坊）出版物印刷有限公司
发行：北京启发世纪图书有限责任公司
　　　www.7jia8.com 010-59307688
开本：889mm×1194mm 1/16
印张：2
版次：2010年2月第1版
印次：2017年9月第10次印刷
书号：ISBN 978-7-5434-7519-9
定价：29.80元

如有印装质量问题请与印刷厂联系(010-52249888转816)

献给安妮、布莱德利、布莱斯、利亚纳还有娜娜——
我生命里的音乐和诗歌
——劳埃德·莫斯

献给乔纳·斯威斯基和他的孩子们

——玛乔丽·普赖斯曼

你听，有一个声音
好像滑翔翼，从高音滑落到
低音，又从低音爬上高音，
静静地**独奏**着，他是一支**长号**。

咦！来了一支小号。

他最有精神了，好像

在叫你起床做早操。他和

长号一起组成了二重奏。

看！圆圆胖胖的圆号也跑
来了。他全身亮晶晶的，
真是威风！现在，他们
三个变成了三重奏！

瞧！来了一个大朋友。

他的脖子长长的，头像海马；

尾巴尖尖的，顶着地板，这是

大提琴。这下我们有了**四重奏**。

叽铃！叽铃！叽铃！来了一把
小提琴。他的声音又细又高，
好像飘在空中的细丝带。
数数看，现在是**五重奏**了！

瘦瘦长长的长笛也加入了。

他全身银白色，唱起歌来轻轻

颤抖着，和山谷里的回音一样好听。

加上他，我们有了六重奏。

嘘！来了一支黑黑亮亮的
长管子。他的声音闷闷的，
好像你闭着嘴巴哼歌那样。
喔！原来是**单簧管**，
那，我们就来个**七重奏**吧！

接着是一支双簧管，
他长得和单簧管有点儿像，
可是音色比较亮。不用说，
他是要来参加八重奏的！

啊！低音管是个爱跳舞的
小丑，常常发出顽皮的低音，
逗得大家都笑了。喂！大个儿！
快排好队，咱们要来个九重奏啦！

竖琴也乘着天使的翅膀下凡来。
仙女给了他魔法，把他的琴弦
变成湖面上的水波，发出
好美好美的声音。哇！现在
我们是十人组的**室内乐团**了！

走走走，大家准备上台吧！
小提琴、竖琴、单簧管，
大提琴、长笛、双簧管，
大家都想赶快开始；
再找找小号、长号、圆号，
还有大个儿低音管，
嗯！全都各就各位了。
现在，节—目—开—始！

弦乐器像在哼唱一首完美的诗，
木管乐器温柔得像一只绵羊，
铜管乐器好像刚吃饱，特别有力气。
啦！啦！啦！所有的乐器
一起奏出美妙的旋律。

时间过得真快，**音乐会**也要结束了。该和新朋友说再见了！他们离开舞台时，如果我们大声鼓掌，高喊"再来一个！"他们还会献上一次美妙的演奏。

奇怪，回到家后，
好像还是听得到音乐，
在梦里对我们说——
晚安。